소년과 거위와 곰

글쓴이 미오새
그린이 김채성

첫 번째

"나는 스스로를 괴롭히지 않는 방법을 알아가고 있는 중이야."

"그런 방법이 있어?"
거위가 물었습니다.

"스스로 만든 괴로움을 멈추는 거야."
소년이 대답했어요.

두 번째

"너에게 가장 중요한 것은 뭐라고 생각해?"
소년이 물었습니다.

"지금, 이 순간."

이미 지나가 버린 과거나,
아직 오지도 않은 미래가 아닌
"지금, 이 순간."

거위가 대답했어요.

세 번째

"지금 뭐 해?"
거위가 물었습니다.

"숨 쉬기 운동"

"숨 쉬는 것도 운동해야 해?"

"물론이지. 숨 쉬는 것보다 더 큰 기적은 없어"
곰이 대답했어요.

네 번째

"아주 멀리까지 가야 하는데, 힘들지 않아?"
소년이 물었습니다.

"힘들지."

"그럼, 내려서 걸어갈까?"

"아니. 너희가 내 등을 따뜻하게 해 줘서 기분이 좋아."
곰이 대답했어요.

다섯 번째

"난 자유롭고 싶어."

"그럼 세상의 모든 존재에게 자유를 허락해."

"그럼 너도 자유롭게 돼."
소년이 대답했어요.

여섯 번째

"사람들이 날 어떻게 볼까?"

"사람들이 너를 어떻게 보는지 궁금해?"
거위가 물었어요.

"응. 때로는 사람들이 나를 어떻게 평가하는지 궁금해."
소년이 대답했습니다.

"다른 사람들이 너를 어떻게 보든 중요하지 않아."

"네 모습은 네가 결정하는 거니까."

일곱 번째

"넌 행복이 뭐라고 생각해?"

곰이 물었어요.

"행복?"

"많은 것을 갖고 있다고 해서 행복한 것은 아니야."

"진정한 행복은 삶의 모든 순간이 기적이고,
지금 이 순간의 내가 너희와 함께 있는 거야."

소년이 대답했어요.

여덟 번째

"내가 날고 있어!"
"이런 멋진 일이 있다니, 너무 놀라워."

곰이 말했어요.

"그곳에서 자유를 허락해."

"그리고 그 자유를 만끽해!"

아홉 번째

"깜깜한 터널에 갇힌 것 같아."

"어떡하지?"

소년이 말했어요.

"두려워하지도 말고, 멈추지도 마."

"너를 믿고 한 발 한 발 앞으로 나아가."

"그럼 환한 빛이 너를 기다릴 거야."

곰과 거위가 대답했어요.

열 번째

"내가 깨달은 사실이 하나 있어."

"그게 뭔데?"

"지금 이 순간, 여기 내 안에"

"무엇을 찾아 헤맬 필요도 없고 어디로 가야 할 필요도 없어."

"이미 내가 그 모든 것이고 이대로 충분하다는 거야."

"나는 나를 사랑하고 있어'"

소년이 말했어요.

에필로그

'소년과 거위와 곰'

이들은 어떤 관계일까요?
모두 저의 모습입니다.

소년은 사는 것도 두렵고, 죽는 것도 두려웠습니다.
이런 소년에게 덩치 큰 곰이 다가옵니다.
그리고 말없이 안아줍니다.

때로는 어떤 말보다 따뜻한 온기가 그리울 때가 있습니다.

반면에 거위는 조잘대며 나를 즐겁게 해 줍니다.
그리고는 말합니다.

일단 부딪쳐 보라고. 용기 내 보라고.
너 자신에게 친절하라고.

이제 날아보려고 합니다.
어디로 갈지는 모르지만,
이제는 두렵지도 않고 무섭지도 않습니다.

왜냐하면, 삶은 나를 위해 이미 완벽한 선물을 마련했으니까요.

글쓴이 미오새

추천의 글

거위, 곰, 그리고 소년의 대화에서 편안한 알아차림을 보았다.
마음챙김이 그러하듯, 저자는 모든 순간을 온전히 경험하며
지혜와 사랑, 연민과 용기를 마주한다.

누구든 이 책을 만난다면,
자신을 기꺼이 경험할 수 있기를.

그리고 따뜻한 등이 되어,
스스로를 도울 수 있기를.

몸마음치료 연구소 소장
염규나

소년과 거위와 곰
초판 1쇄 2025년 4월 1일

글쓴이 미오새
그린이 김채성

펴낸곳 이분의일
주소 경기도 과천시 과천대로 2길 6, 테라스원 508호
전화 02-3679-5802
이메일 onehalf@1half.kr
홈페이지 www.1half.kr

출판등록, 제2020-000015호
ⓒ미오새, 2025
ISBN 979-11-94474-10-4 (07810)

이 책에 실린 글과 이미지의 무단복제를 금합니다.
이 책 내용의 전부 또는 일부를 재사용하려면 반드시 출판사의 동의를 받아야 합니다.